KB149324

하이힐을 믿는 순간

황금알 시인선 231

하이힐을 믿는 순간

초판발행일 | 2021년 7월 31일

지은이 | 양아정
펴낸곳 | 도서출판 황금알
펴낸이 | 金永馥
선정위원 | 김영승 · 마종기 · 유안진 · 이수익
주간 | 김영탁
편집실장 | 조경숙
표지디자인 | 칼라박스
주소 | 03088 서울시 종로구 이화장2길 29-3, 104호(동숭동)
전화 | 02)2275-9171
팩스 | 02)2275-9172
이메일 | tibet21@hanmail.net
홈페이지 | http://goldegg21.com
출판등록 | 2003년 03월 26일(제300-2003-230호)

*이 도서는 한국출판문화산업진흥원의 '2021년 우수출판콘텐츠 제작 지원'
  사업 선정작입니다.

하이힐을 믿는 순간

양아정 시집

황금알

하이힐을 신고 시를 쓸 것이다

내 굽 속에 자라나는 문장들

내 하중을 견딜 수 있는 높이로

세상으로 또각또각 걸어갈 것이다

2021년 여름

양아정

차 례

2부

3부

4부

1부

나는 컵, 라면

바다와 강이 만나는 그 어느 지점에 앉아있으면
파도가 시멘트 바닥을 간 보듯 올라온다.
금 그어진 세상 밖을 기웃거리며
돌아선 발걸음은 잽싸게 미끄러져 간다.
컵 속에 웅크리고 있는 파도
적당량의 물을 만나 풀어지고 부드러워지는
즉석 바다, 허벅지까지 차오르는
수위를 넘어선 파도
발 없는 말이
매립지를 떠돌아다닌다.
파도가 거세되는 뚜껑을 닫고
비로소 되살아나는 액체의 감정들, 면발들
애초에 갱년기를 겪어야만 하는 종족인지 모른다.
포장된 하늘과 잘 분쇄된 구름이 첨가된
수프는 문패처럼 걸려 있고
선을 지키는 자만이
면발 뼛속까지 다가서는 풍만한 저녁
주둔지가 없어도
적셔줄 물기만 끓일 수 있음

양식 같지 않은 양식이
반가 사유하는
컵 속
미륵보살

새벽 세 시

옆집 배관으로 내려가는 물소리, 고양이 울음소리
혐오와 매혹 사이에서 구구단 같은
소음이 벽 너머 창을 넘는다.
내가 누구인지 잊기 좋을 시간
괘종시계 추의 멱살을 잡고
신도 망각한 빈 공간

밤의 밀착과 테두리를 벗어나지 못하는
누구에겐 코르셋의 시간

달의 난간에서 죽어라 사는 연습을 하는
누구에겐 잽을 날리는 시간

밤의 뒤통수에 싱싱한 별자리가 찍힐 즈음
조증의 시간은 가고 울증의 순간이 오겠지

이른 시간이라면 그대는 발효가 잘된 반죽의 기술일
것이고
늦은 시간이라면 하루가 끝나지 않은 채 내일이 온 것

일 테고

응급차 소리가 커튼을 찢고 들어온다.
복면을 쓰고
까마귀를 쾅쾅
방바닥에 박는다.

가장은 아직 귀가하지 않고
달은 코르셋 안에 갇혀있는데

베란다서 자란 단풍 한 잎이
응급차의 뒤꽁무니를 밟는다.

계란찜

다큐멘터리가 보글보글 끓기 시작했어

정체 심한 도로 위 자동차처럼
머뭇거리며 익어가는 계란,
차례차례 깨지고 완전히 풀어진
상처는 아주 맛있어

다시는 뭉치지 말자
알 속에 웅크린 팔다리가
냄비 속에서 둥글고 뾰족한 생각을 해

어딘가에 담기기 전
막 따뜻한 계란이고 싶은데
지금은
프라이가 되지 못한 길을 곱씹고
병아리가 되지 못한 심장이 아쉬워

냉장고에서 채소의 언어로 더빙하는 것도 괜찮아
냉장고의 발랄한 심장 소리로

알을 접었다 폈다 할 수 있으니

껍질의 지지대를 부수고
누군가에게 이력서로 만날 건지
이 시대 소화불량으로 남을지

어느 모퉁이를 지나야
비로소
내 그릇을 만날지

a는 어느 지점에 있는가

계단이 뛰어내린다.
거대한 벽을 타고
새를 모방한다.

텅 빈 비상구
젖은 피아노는 계단을 연주한다.

벽들이 건반 위에서 춤을 추며
도시라솔파미레도
시중에 절망을 풀어 놓을 거라는데

우산은 죽었다.

발들은 신발이 데려가 버렸고
난간에 뼈다귀만 남은 우산의 유령들

한 번쯤 뼈다귀탕으로 끓이고 싶다.
접힌 관절에서
뽀얀 국물이 나올 때까지

한 사발의 불행을 식탁에 놓고
다시는 행복하지 않겠다고 계약서를 써 주께

그 누구의 눈에 띄지 않게 우산살을 붙여다오

막막한, 밤새도록 다리를 건너갈게

항생제A

까마귀는 회초리처럼 날아온다.
붉은 간들이 쓰러져 있는 응급실 출입문에 대기하고
있는
검은 칼들

숫자가 곤두선다.

일제히 입에는 흰 칼 검은 칼 물고 고요해지는 일
2미터의 브리지가 창궐하면
스스로 나무가 되어가는 계절도 없는 계절

까마귀의 날개 밑에는 여러 마리의 구름이 갇혀있다
날개를 펴는 순간 구름은 달린다, 달아난다.

구름의 발자국들은 사람들의 이마를 걷어차고 달린다,
달아난다.

숫자는 불안한 해를 마시고 더욱 뚱뚱해지고
거리는 신호등만 움켜쥐고 길들을 차단한다.

스스로 격리하는 13월

모든 문을 걸어 잠근 눈동자는
두려움을 덥고 둥글둥글 구르고
사라지는 구름을 잊을 것이다.

지금, 실낱 같은 줄에 걸린
저 거미

봉지커피

선은 지켜줘

짙은 어둠이 녹을 때까지 저어줘

난 너에게 얼마만큼 지분이 있을까
뜨거운 물 속 커피나무 피울 수 있니

절취선을 뚫고 나오는 주장
맛있게 조율할 수 있어

한발은 공중탕에
한발은 컵 밖으로, 사회생활을 하지
넌

봉지는 뒷담화 일뿐이야

우아한 커피콩의 몰락에 흥분한 멍청한 설탕
프림은 동정일 뿐이야

갑자기 뜨거워지고
금방 식는
종이컵의 사랑

복싱 공룡 멸종도 한 세트야

봉지를 뚫고 나오는 순간
세상은 모두 험담이야

믹서만이 살길이야
개성은 꺼져

하수구

변명이 자꾸 살이 붙어 비만해지려 해

수챗구멍이 되어버린 목구멍이 끈끈하고 어두워

버려야 할 새가 퍼덕퍼덕 목에 걸렸어

언어의 살들이 되지 못한 뼈가 흘러가지 못해
웽웽 꼬이는 말의 시체들

오른손의 시선조차 견디지 못한 왼쪽 시선
꾸르륵
하수구의 트림 속으로
한 마리씩 흘려보내려 해

고장 난 목소리 돌아가는 시계 옆
유한 락스를 앉힐 거야

그리고 흘릴 거야

미지근한 엄마 아우성치는 창문

냇물로, 강물로
변명하려 해

표백한 변명 하나쯤 남겨 놓게

투견장

　지갑 속에 감금된 눈빛들, 이마에 발톱 자국 깊이 박아 놓고, 청동 같은 두 눈으로 발뒤꿈치에 달라붙은 햇빛을 물어뜯는 사육장. 벼랑에서 근육이 자라는 그들의 농장. 관상용 혹은 식용, 심장과 횡경막,

　그 골목길만이 알고 있다.
　아무도 그 눈빛을 번역할 수 없다.

　축축한 침으로 젖은 바닥으로 어둠이 쓰러질 때면, 괜히 누군가에게 시비를 걸고 싶은 케이지. 트럭으로 실려 가던 전의는 창살 사이로 빠져나가고 누군가에게 기대어 숨을 펑펑 쉬고 싶은 우리는 투사. 누구를 위해 무엇을 위해 싸울지 이미 뱃속에서 결정된 삶. 발톱 밑에 숨긴 눈물은 해도 달도 모르는 일인데. 도박꾼들은 벌써 죽음의 지폐를 자꾸 쓰다듬고 있는데,

　온몸이 으깨진 토마토가 될 때까지
　고깃덩어리가 될 때까지 물고 뜯는 야심한 저녁
　이곳은 살아있는 도박판.

어둠도 빠져나갈 수 없는 살아남은 자의 도살장.

식은 숨소리 가득한 하늘엔 죽은 별들

집착

　당신의 눈에 거울을 달았어 거울이 길에 길을 만들고
당신은 점점 나를 미궁 속으로 데려갔어 다시는 나오지
못할 유리 늪에서 난 당신의 새가 되었지 새는 벌써 벽
을 밀어내고 있는데

　난 어둠 속에 앉아있었어 새벽이 오는 길목은 안개를
두르고 왔어 몇몇 주정꾼이 해장국집 앞에서 구름을 만
들고 밤을 빼 채 삼키는데… 난 당신의 그림자를 삼키지

　당신은 빈 눈을 가지고 있고 난 빈 의자에 앉아있네 불
면과 꿈 사이에 세상에 없는 이야기를 굽다가 아침은 내
등을 밀었어 뼈다귀해장국집 앞 주정꾼은 서로의 뼈를
맞추며 어둠을 일으켜 세우지만, 미풍에도 자꾸 출렁 거
린다. 가로등을 떠받치고 있는 앙다문 침묵은 당신이 아
닐는지

　어디서 날아오는 화살인지 뒤에서 맞고 싶은 숙명, 모
닝콜 하는 태양, 끈끈이 같은 당신의 눈 속에 달라붙은
모종의 뼈다귀

좀

몸속 깊이 파놓은 구덩이에 아직 벌레가 사는지 벌레
한 마리 새처럼 날아오르자마자 다시 땅을 기는 날개의
위선들, 먹고 마시고 배설하는 긴 하루, 바람 따라 눕는
밤을 염탐하는 가로등 행렬.

어둠에게 길을 물어보는 내 안의 벌레들 허공을 뱉어
낸다. 천장에 무겁게 매달려 있는 목소리, 먼지처럼 떠
도는 눈빛들, 라디오 잡음처럼 들리는 벌레들의 신음이
반점으로 찍히는 등짝,

시리다. 오토바이 소리가 벽을 뚫고 들어와 끈적거리
는 침묵과 몇몇 단어를 태우고 나간다. 이 벌레, 저 벌레
는 나를 무슨 증상이라 해석할까. 내 손에 무기를 쥐여
주는 관대함은 어디서 나오는가. 벽을 뚫고 나간 벌레들
은 출구를

찾을 수 있나, 어떤 식으로 이 세계에 수수료를 지불
하려나. 하루를 빈틈없이 점으로 채우는 순간, 새로운
여백이 생겨나 저 창밖을 걸을 수 있을까.

즙

물고기처럼 입을 다문 나무
알몸에 아직 맺혀 있는 눈빛들
다 털어내지 못해

안감도 없는 속옷만 걸치고
시스루룩으로 겨울을 건너갈 때

물길 제쳐두고
불길로 들어가는
농어
한 그루

물고기 뱃속
겨울나무 가지의 가지
역사보다 난해한 해부도가 펄떡 인다.

나무는 그녀의 프로필
물고기는 그녀의 냄비 속에서 끓어 넘치는데
비는 속살만 남아 있는 밤을

와락 베어 문다.

레이스 달린 비의 속치마
자정을 끌며

휘발된 별들, 속옷
젖은 가로등
풀어 헤쳐진 구름
모조리 끓이고 있는
그녀의 주전자

티눈이 자란다

어떤 사람에겐 터널이
누군가에겐 지름길이다.
계단이 납작 엎드려 공황장애를 앓고
바람은 계단의 꼭대기에서 춤춘다.
먹구름을 배달한 까치들
조명 꺼진 터널을 지나가는데
셔터를 내린 그의 눈은 아직 겨울이다.
아무도 그의 벨을 누르지 않아
봄빛은 창을 두드리는데
날 선 불안은 손발을 창밖으로 자꾸 던져버리고
차곡차곡 쌓이는 먼지들의 임대료는
벗나무 옆 싱싱한 포커레인이 독촉한다.
뒷모습뿐인 거울
소파가 침대가 되는 시간은 그리 길지 않았다.
불황과 공황을 오독하지도 않는다.
새로운 세상이 온다는 낙서가
이 벽 저 벽 뛰어다닐 때
벗꽃의 공약은 일용직 잡부를 재배할 거라는 촉지도
이건 서막에 불과할지도

아무도 모른다.
흰 달은 셔터를 두드리는데

족족

　그곳에선 발길질을 맛있게 먹습니다. 접시에 차려진 밤과 연인들은 술병들을 뜯으며 서서히 타오릅니다. 유적지를 발굴하는 원조 족발집, 젓가락은 비계와 껍데기 사이를 오가며 돼지의 이력서를 읽고 윤기 나는 전성기를 입안 가득 넣습니다. 테이블마다 무덤은 피어납니다. 돼지의 페이지를 넘기며 밤이 얼큰하게 취할 때 환승한 연인들은 헤어진 연인에게 쫄깃한 발길질로 날려 보내고 뼛속으로 들어가네요. 그곳에선 앞발의 위력이 대세인가 봅니다. 육중한 몸의 무게를 받아들인 발바닥으로 세상을 간 보며, 절인 발은 꼬리가 축 처진 사람들에게 비트 강한 스텝을 밟네요. 늙은 애인은 발그레한 발목을 씹으며 근육질의 밤을 물고 꿀꿀, 젊은 엘이디 조명은 여자의 속눈썹 아래서 빛을 발하네요. 뼈다귀를 물고 있는 불야성 뒷골목, 꿈을 접대하러 가는 돼지의 발은 끝까지 서비스 정신이 투철합니다. 유적지에선 발을 벗어 두고 돼지의 마지막 미소를 신고 나와야겠습니다. 천장에 매달린 신발들은 욕지거리하네요.

2부

외투에게

나는 잠깐 당신 속에 숨었지

형체를 잃어버린 물로 들어가 지퍼를 닫았지

그곳에는 각이 죽고
시곗바늘은 거꾸로 돌아
나의 가장 아름다운 핀을 보관해주지
눈과 귀를 감추어 놓고
보석의 발광을 은밀히 즐기며
담벼락에 적힌 욕설을 요리하지

당신들이 흔히 찾는 하나님도 계시고
푸른 알약
하루치 여백
도마에서 잘려나간 꼬리
차곡차곡 숨겨 놓았지

그곳에서 사라지는 방식은
햇볕정책
그 흔하디 흔한

아킬레스

힘줄이 끊어졌다.

신발 속
비
걸어간다.

오래
벽 속에 갇힌 맨발은
허공을 걷고

비포장도로를 달리던 나의 창자는 아직 무사하다.

산봉우리 몇 개가 방향을 틀면
내겐 절벽이 되는데

당신의 자서전은
나의 척추가 대필하는데

여전히 난 억지로 착해지고 있다.

악몽 · 1

사는 게 푹신하다면 결말이 다가온 걸 까요
해피엔딩의 법칙을 지키는 드라마의 장삿속이
내게도 전염될까요
도둑고양이처럼 아무런 소리도 내지 않고
남의 담장을 마구 드나들 수 있는지
탄식 소리를 사방 벽에 바르지 않을 자신이 없어요.
행복이 모자라 불행이 된 건가요
불운이 불행을 불러오다 무감각해져
행복이라 착각한 건지
동사무소 민원을 넣어 볼까요
울기 좋은 장소를 만들어 달라고
창구 여직원은 접수해 줄까요
어깨에 걸쳐진 계단들을 무릎 위에 내려놓고
아래부터 밟아 올라갈 수 있는지
다시, 번호표를 뽑아
바다 한복판에 전입신고를 할 수 있는지
거기서는 무단횡단해도 벌금은 없겠죠.
지금, 지금 하며 자꾸 솟아나는 지금
오늘이 계속 오늘로 정체되진 않을까요

지킬 것도 없는 막판이지만
뒤집기는 가능하겠죠.

악몽 · 2

밤에서 새벽으로 가는 골목
매서운 겨울바람, 목 늘어진 사내의
후들거리는 다리

어디서 영혼이 빠져나가는 소리 들린다.
굵게 주름진 목소리가 방문을 긁어대고
철퍼덕 방바닥에 쏟아지는 속울음 날아다닌다.

모든 걸음들을 먹어 치우는
비좁은 골목
바람을 만드는 그곳에

손이 없어! 내 손이
주정하는 겨울나무

의수를 낀 달그림자들
달빛을 마구 헝클어 놓고

시간의 양수를 되돌릴 수 있다면

그곳에 탈지면을 넣고 싶어
헤엄치지 않는 종족을 잉태할 거야

복통이 찾아오지 않는
조금만 더 참지 않아도 되는
어둠의 정강이를 기어이 사산할 거야

아파요 계속 아파지고 싶어요.
당신의 닳아빠진
타이머
폭탄의 내부

살갗 아래 저울이 산다

비와 비 사이 겨울 오는 소리를 재어보는 나무들. 불
평 많던 이파리, 캐스터네츠들. 수다스러운 입들 떨어지
고 바람이 엿듣는 나무의 묵언수행, 살아있는 시간의 무
게를 문득 숫자로 읽고 싶어진다. 까치발로 구경했던 강
의 문 앞에서 무엇을 보았는지, 무엇을 들었는지 빗방울
만 파닥거리는

센텀시티의 밤을 강 반대편에서 바라본 적 있는가
영화의 전당 앞으로 흐르는 청둥오리 떼의 고요한 파
문을
강의 난간에서 목을 길게 늘여놓고
합류하고 싶은 고백을
오리 떼는 자맥질로 채어 먹는다.

칸칸이 고립된 평수에서 흘러나온 조명들을 먹고 사는
수영강변
습관처럼 튀어 오르는 물고기의 상승욕구
고층 아파트 앞에서 사는 탓일까, 허구한 날 공중으로
몸을 던진다.

구공탄에 익힌 곱창 속에 들어가 주절주절 거리다 끌려 나온 밤
제 무게를 견디지 못해 속을 비우는 술병들 뒤로
속이 훤히 보이는 비닐 천막, 보호막을 두른 영혼은 몇 그램일까
계산하는 비씨카드

월말이면 줄줄 끌려 나오는 무게들의 명세서
늘 저당 잡혔다는 이 부채감, 저 강은 뭐라 변명할까

곱창 속으로 다시 건너간 비, 겨울 철새들
이마에 저울 하나씩 자라나는
오늘은 곳곳에 비

그날, 구름은 맨발로 뛰었어

잘 닳은 구름이 달리는 기찻길
터널은 차렷 자세

그림자 넘쳐나는 저녁
발목을 잡고 침목 위로 널브러졌어

배낭을 벗은 선로
줄줄이 이어진 가방 안 스캔들은
어디로 갔을까

기적소리를 내는 나무들
구름들
보관함이 사라진 선로에서
침묵 중

식물성 철길이 오선지를 긋는 동안
폐선된 사람들
노인이 된 바다는 악보에 실려
리듬을 타기 시작

속도를 잃어버린 창밖 배경들
맨눈으로 걸어 들어오는
철의 행진

동해로 간 마라토너가
길을 둘둘 말아 가버린

달빛이 어루만지는
동해남부선 폐선, 어느 날

사물 Y씨

헝클어진 숨소리 사이로
중력을 잃은 기억들이 등 뒤에서 둥실 떠다닌다.

모든 것이 어긋났을 때 비로소
비등점에 도달한 육신

한 세상에서 다른 세상으로 넘어가는
있어도 그만 없어도 그만 Y씨

헐렁한 바지에 들러붙은 식솔들
눈물 한 점씩 떼어먹고
붉은 신호등을 건너가는
고집스러운 맨발

길고 캄캄한 달팽이집을 버리고
등뼈 누일 곳을 찾아 왔던 길을 되짚어간다.

링거에 매달린 내일 아침
끝내 돌아오지 않고

수저 한 벌,
닳지 않은 슬리퍼
화장장으로 들어가 증발하는 순간

번호표를 달고
정물화처럼 고여 있는
비로소 평화
막 부화하는 흰나비 한 마리

플라토닉 플라스틱

눈가에 흐드러지게 핀 꽃
저 강을 향해 사뿐히 투신하는 흰 침묵들
수면 위를 속치마 날리며
물수제비뜨는 겨울
열정은 열꽃으로 맞받아치는
꽃이라 불리는 나무의 꼬리들

어쩔 수 없다 얘기하지 마라
꽃이 지고 나면 아무 일도 아니다.

여기저기 빙그르 떠돌다가
바다든 하늘이든
제자리로 돌아가면 그뿐

사랑을 함부로 지껄이지 마라

나무를 뚫고 나오는 침묵만이
꽃의 이유

나에게 속했었다 감히 말하지 마라

꽃잎 뒤에 숨어서
금방 사라질 향기

세상이 그저 방향제라 일컬을 뿐
.

Mr 토르소

잘린 목으로 술을 마셨어
단지, 읽혀질 뿐인 눈빛으로

술잔에 헤엄치는 별
그때 처음 봤지

조각난 낙지들 아직 웅성거리는 접시

살아있지도 죽지도 않은
두 눈은 허공에 걸려
누락된 얼굴과
삭제된 손발로 술잔을 쳤어

바람이 만들었다가 바람이 쓸어간
증상으로만 남아 있는
토르소씨

무기가 자라나는 침묵의 손은
잃어버린 명함과

갑을에 관한 몇 장의 서류를 움켜쥔 채

죽은 단어 몇 개로 연명한
그림자의 그림자
바닥에 낭자한데,

바람을 공범으로 만들어 낼 목소리는
이마 뒤에 숨기고
누더기로 펄럭이고 있지

부러진 다리를 끌고 나가는
노란 은행잎 한 잎

하악질

다가오지 마! 너랑 싸우기 싫어
이빨을 드러내기 싫단 말야

가까이 오면 가만있지 않을 거야

그동안 털 속에 감춘 느낌표를 털어 볼까
꼬리를 한껏 부풀려
배 속에 들어있는 소리 끄집어내어 볼까

터널 속 고여 있는 비명 터트려 볼까

세상은 지금,
크레인으로 미투를 들어 올리고 있는데
국경을 넘어온 바람이
입안에 버석거리는 이름들

중앙선을 침범한 죄를 물어볼까

심야의 거리에서 버려진 신호등

제 속에 있는 불빛은

제한속도 없이 지나가는 차를 피해
건널목을 건너야 하는지

고양이는 잇몸을 드러내며 울고 있다.

* 하악질: 고양이가 상대방을 향해 자기의 몸을 보호하기 위해 위협을 나타
  내는 행동

부항 뜨는 시간 · 1

우리는 일제히 등을 보이고 눕는다.

등 깊숙이
무당벌레들 출장 나와
진딧물을 뽑아 먹는다.

무당벌레들 흰 가운을 입고
노인의 곡소리를 맛있게 빨아들이는데
누가 누구의 밥인지
침상은 밥그릇 싸움 중이다.

빨간 도트 무늬 등짝
함부로 쓰다 고장 난 내 뒷모습

혀를 꽂고, 무당은

등짝 밑 갇힌
조증과 울증 사이
물꼬를 트는데

온갖 변명을 하며
너의 입속으로

접신하는 나는

부항 뜨는 시간 · 2

    뒷모습이 아름다운 여자, 휴머니즘을 아는 여자, 남자를 술잔 속에 빠뜨리는 여자, 꽃을 우아하게 입는 여자, 젊지만 빨간빛이 도는 토마토 여자, 술과 인문학을 마실 줄 아는 여자, 냉장고에 굴러다니는 양파로 삼행시를 짓는 여자, 비 오는 수요일 포도주를 주문할 줄 아는 여자, 달을 접대할 줄 아는 여자, 까치발로 다니는 여자, 여자, 사랑하는 사람 아버지의 죽음을 여러 시간 감춰 두는 여자, 진정한 사랑을 좀처럼 잊지 못하는 여자, 장미와 가시를 구분할 줄 아는 여자, 모든 것을 쉽게 잊어버릴 수 있는 여자

  등짝에 붙어 있는 여자들
  몸속, 잠복해있는 탁한 여자들
  부풀은 살을 가두고
  새로운 피를 돌게 하는
  부항 속 여자들

  여자 여자 한 여자가
  한의원 칸막이 진료실에서

온몸에 낙서를 하는 동안

머릿속을 뚫고 들어오는 바늘

진료실 여기저기 펄럭이는
마른 빨래

부항 뜨는 시간 · 3

온몸이 저항이던 그즈음, 한 남자
"당신의 팔에서 별자리가 피어나요"

네모난 눈동자의 남자가 그녀 속을 뚫고 나온 엘리스
의 안부를 묻는다.

각도는 오전 10시
러닝머신을 타고 온 흰 토끼 아저씨
쇳덩이 동굴 속을 헤엄치며
액체가 되어가는 엘리스 소매를 잡는다.

습관적으로 떠오른 햇빛을 피해
음악으로 짠 쇠뭉치 숲에서
그녀는 작았다 커졌다 하는데

토끼는
"같이 구름 한 번 타볼래요?"

폐경기의 엘리스는 부항 속으로 힘껏 빠진다.

시스루

아직 당신의 눈은 도착하지 않았는데 가슴골 깊숙이
올 것은 당연한데 시시각각 탐하는 당신의 눈빛이 먹이
를 낚아채는 고양이의 포즈를 취하고 있는데 상체의 발
굴지와 하체의 식민지를 개발하는 37도의 당신, 그녀를
빨갛게 다지는 당신은 기름진 장미 넝쿨에 둘러싸인 아
찔한 성을 건설하는데

아직 결정하지 못한 연못, 물인가 늪인가 햇빛 녹인
물고기들의 무덤인가 당신들의 각막 아래 일렁거리는
그녀의 탕, 비린 물 냄새로 드나들던 나무들 산들 덜컹
빠지는 봄빛의 시간, 당신들의 물기를 경작하는데

아직 블라우스를 넘지 못하는 당신들, 살 냄새를 발굴
하는데, 폐허의 지도를 보며 그녀를 파헤치는데, 자작자
작 끓는 빙어 그녀, 이글거리는 당신들을 아가미 속에
집어넣고 보일 듯 말듯 바람을 뱉는다.

3부

부메랑

괘종시계가 햇살을 어루만진다.
뼈대만 남은 시침과 분침 사이

항생제 맞은 책들
뒷짐 지고 벽에 기대어
못처럼 권리를 내세우며
지금은 멸종 중

타오르는 종이 이빨들
나무 이불을 걷어차고 나와
숲의 부드러운 처녀막으로 돌아가는 길

너의 온도가 거처하는 그곳

나는 너의 옆구리에 붙어
너의 발바닥만을 신봉하였구나

진실이 고플 때마다
너의 목소리 듣지 못하고

너의 어깨를 딛고 담장을 넘었다.

미처 너의 위장 속에서 썩지 못하고
너는 너에게로
나는 나에게로
돌아가는 신축성

빈방에는 활자들이 모빌처럼 빙빙

벚꽃 청구서

호수에 빠진 바람, 하늘 별
구체적 배경

"내 몸이 빠졌어요. 내 팔다리가 마구 피어나요"

목덜미 너머 계단이 잘려나가고
분홍빛 입술만 둥둥

발밑이 뜨거운 나무와 상춘객들

어두운 수면 위
밤의 짐승이 한 길 물속으로
투신하는

길들 쏜살같이 아래로 빠지고
나무들
거꾸로 서서
무거운 질문을 하는
오래된 관행

반영은
그들의 업적

무게들

밤, 저울에게 책임을 묻는다.
눈금이 파르르 짖는다.

폐허 속을 점령한 그대들은 무엇을 염탐하는가

설탕으로 절인 행복감 7할
혐오 3스푼, 두려움 2스푼, 분노 1스푼

뒤엉켜 자란 지방
내 등 뒤에 숨어 있는 배후세력은
머리부터 발끝까지 뿌리를 내리기 시작했다.

살갗을 뚫고 나오는 그대들의 세상은
식민지를 경작하고
기름진 해와 달을 사들이고
뚱뚱한 꽃들이 피어난다.
근본도 모른 채
밤의 몸무게를 잰다.

알약을 실은 굴착기가
살갗에 파고든 뿌리를 쳐올린다
돼지 뼈 소뼈 닭 뼈 술의 뼈
잃어버린 별의 뼈
악다구니 치듯 버티고 있는 동명이인들

네가 매달렸던 턱
공포 오백 그램
내 목소리를 내던
너의 비계

내가 잃어버린 것은
너의 끈기인가

너의 주머니 간신히 슬어두고
너는 죽었니 살았니

신발끈 · A

신문이 현관을 두드린다.

싱싱한 조간의 활자들
소낙비처럼 쏟아진다.

머리 여러 개 달린 괴물들
주룩주룩 내린다.

우린 다시 따뜻해지지 않을 것이다.

야금야금 지면을 갉아먹는
문장들
짖어댄다.

냉동된 아들, 미라가 된 딸들이
이 세상을 건너면서 물고기처럼 말한다.

우린 절대 따뜻해지지 않을 것이다.

음 소거된 아이
온몸 멍으로 얼룩진 세 살배기
마지막 절규는

누더기 같은 아침이다.

빛의 부재 시 어둠은 오나

낭떠러지에서 춤추는 햇빛은
직무유기

득음

파도가 한 자락 뽑는다.
욕을 하였는지도 모른다.

우리가 들을 수 없게 옆 물살과 함께 달려오며 몽돌 속
에 목소리를 쑤셔 넣는다. 그건 그들의 연습방식이다.
돌 틈 사이로 자라나는 목울대가 그들을 다시 바다로 데
려갈 것이다. 아마도 육지의 습속을 알아야 소리를 낼
수 있다는 용왕의 믿음일 수도 있다.

우리는 그들의 창을 들으며 단단해졌다. 연습생들은
매 순간 밀려오고 프로로 무장한 파도는 다시 물의 무대
로 나갈 때, 부록으로 남긴 소금과 물고기의 흔적은 우
리를 더욱 퇴폐적으로 만든다. 혀 구부러진 소리로 물비
늘을 깔고 세상을 맛있게 씹을 즈음, 파도는 우리를 말
랑말랑 반죽한다.

부풀어 올랐다가 아무 일 없는 듯 꺼져 버리는 너와 나
는 거품으로 앉아 방치되고 있는데, 밤하늘엔 바다의 탁
본이 떠 있고 괜히 울컥거리는 바다는 육자배기를 밤새

토하고 있다.

비워지지 않는다.
채워지지 않는다.
추임새를 넣는 파도

나를, 날을 죽여라

쇠뭉치 속
아직은 공백들

가야의 꿈속
웅크린 칼날
불의 춤사위를 보며 묵묵히
죽지 못했다.

대장장이의 불꽃 난타 쇼는
무기들을 낳고 또 낳았다.

흉기로 갈아입지 못한
도구의 불안

설익은 칼날은 누군가의 가슴에 비수를 꽂을 테지

불꽃은
각진 얼굴을 뭉개고
쇠의 내장을 주욱 밀어내고

못들이 우우우,
망치가 걸어 나오는
늦은 오후

망치질이 종소리처럼 퍼지면
시뻘겋게 달궈진 배우가
레드카펫을 밟고 걸어 나온다.

정해진 각본은 없다.

구름다리

구름이 그렁그렁 매달려 있는 창문을 넘어
제복 입은 아이들 몸을 날린다.
뜬구름 몇 장 걸친 채
매뉴얼 없는 구름다리를 건너가고

제복의 아이들은 칠판에 접착제를 바른다.
공중에 떠 있는 탈골된 어깨들 교실에 둥둥 떠다니는

아이들의 눈가에서 그림자가 흘러
굳은살이 박인 화창한 봄날
교과서에 알알이 박힌 글자는 구토를 한다.

구멍이 숭숭 뚫린 교실
아이들 마구 새어 나오고
절룩거리는 책상들 떠받치고 있는 건
새 날아간 빈 거푸집

공회전을 돌고 있는 운동장
허공에 걸려 있는 맨발들
마개를 뚫고 날아가는 유서들

휘모리

깡통구이 골목으로 흐르는 빛 조각들
공중으로 흩어질 때
나는 내 신발이 배회하는 걸 보았다.

내가 가둔 공기, 내가 사랑한 단어, 억양, 목소리

나의 엇박자가 허공을 두드리는걸

박자의 박자를 잘게 쪼개어 한마디 안에
미치거나 아프거나
소리의 소리를 데리고 왔다.

뜨거운 심장이 어느 별에게 전입신고하던 그 어느 때
세상의 꽃잎들 모두 불러 칭칭 감았던
기우뚱하던 밤
쿵기닥따

내 신발들아 발들아
잠으로 들어가 간절하든지
침묵하든지

공모

이제 당신을 악기로 다룰 거야

바다 기슭 홀로 서 있는 바람 그대로
당신을 물고기에게로 보낼 거야

축축한 한 마리 짐승으로
물 밖으로 내동댕이쳐진 가자미 자세로

펄떡거리는 숨을 내 악보에 싣고
악기로 울부짖었던
너와 나의 도둑질

강철 같은 눈물이 앞을 막아도
화살을 활시위로 되돌려 보낼 거야

내게 적중한 바다
종소리가 울리는 눈도
모두 돌려줄 거야

칸막이 너머
불특정 다수의 하나로

악보를 넘길 거야

일당

온몸에 철망을 두르고 잔디를 보수하는 노인들
공 날아간다는 캐디의 말도 낫질로 베어버리고
공놀이하는 종자들은 별개라는 듯

겨울 땅과 잔디를 땜질하는 휘어진 등
구부러진 손가락들의 하루는
잔디들의 수난에 온전히 달려있다
둥근 공을 쳐내기 위한 쿠션은 늘 폭력에 길들여져
새싹이 나기도 전에 땅속에서 자지러지는데

누구에겐 둥글고, 누구에겐 숨통을 옥죄고 있는
18홀, 그 함정에 다다르기 위해
땅바닥에서 풀어 헤쳐지고 짓이겨진 손발
쓸어 담는 등 굽은 노인들

공 하나가 철망을 향해 달린다.
부딪힌 공, 노인들 등 위로 튕겨 오르자
화들짝, 그제 서야
주위를 둘러보는 마른 풀과 겨울나무들

비명을 지르는 노인,

바람결 따라 눕는 노인은 풀잎처럼 눕고
홀마다 쳐진 철조망은
하루가 멀다하고 일어나는 저 잡초들의
아우성을 먹는다.

거리두기 2.5

원조 뼈다귀탕 집이 달린다.
살들이 털린 뼈들이 달린다.
검은 쓰레기 봉지 속에 담긴 저녁의 비명
쾌종시계가 감금한다.

뼈들이 내 안에서 걸어 나온다.
벌써 세 번째 창궐하는 코로나가 골목의 불을 끄고
때아닌 통금의 시간이 되었다
골목은 뼈 없이 뼈다귀탕을 끓인다.
길고양이들이 맨발로 연기를 짓누르고,
늘 같은 외투 속에 구겨 넣은 저 길냥이
하루치의 운명을 그루밍 한다.

얼굴 없는 얼굴
웃음기 가신 목소리들 흩어져 주문을 외운다.
의자가 테이블에 앉아 주인을 부른다.
풀썩이는 먼지도 격리 중이다.
뼈 없는 남자, 뼈대 상실한 여자가 자욱한
푹 삶은 저녁은 언제 어디서부터 오려는지

텅 빈 가게는
맨발들을 마신다.

뿐

나무와
나무 사이
거미줄에 걸린 벌레 한 마리
우두커니
한통속의 이미지
허공에 밑줄을 긋는 입술
바람을 꼭꼭 씹으며
날아간 길을 찾는 중

당신은 벌레의 주파수를 잡아낼 수 있는지
꼬물꼬물한 사연을 들을 애청자가 있는지
벌레의 DJ는 어디서 무엇을 하는지

나는 앉는다.
벌레의 손바닥 위로

거미줄에 걸린 길을 잡고
여린 식물부터 차례차례 말 릴 것이다.

창문을 닫아걸고
나는 혼잣말을 할 것이다.

지지 않는 종이꽃을 피우기 위해
누런 문장을 발명할 것이다.

붕어빵

살 벗은 갈비뼈, 밀가루를 기다리고 있다.

짓이겨진 심장을 한 숟갈씩 받아들고
바싹하게 구워진 자세로
누군가에게 힘차게 헤엄쳐 가고 싶은

싸늘하게 식기 전 꼿꼿한 자세로
어두운 터널을 환하게 데워주고 싶은

풀빵 같은 재질의 겨울
어제를 잘라 이은 오늘이지만

바다 깊숙한 곳에서 걸어 나온 어신

도로,
빵틀이 구른다.

식물도 햇살 쪽으로 싹을 밀어내는데
팔다리가 잘 구워져 틀을 깨고 나올 거야

눈꺼풀이 무거워
아직 뜨지 못한
새끼붕어
뒤집힐 차례를 기다린다.

주님을 냉장고에 넣는 법

문을 열고
애인을 넣는다.
그녀의 날개를 접고
하이힐을
차곡차곡 밀봉한 채
칸칸이 수납하는
열을 식힐 줄 아는 냉장의 인격
서늘한 냉기가 어둡고 은밀한 사원에 들러붙어
성에 같은 발언을 하기 시작한다.

미지근한 주님이 들어간다.
입에 개 거품을 물고
두부와상추와돼지고기와닭고기와
딴청이다.
온도 조항을 낭독하는 주님
살얼음 낀 조명
썩지 않기 위해 고여 있는
유물들

주님,
박물관 어둠을 관리하사
시간이 서식하는 냉장의 세계
번식하는 주정을 수납하는
부패와 투쟁하는
관리인

문을 닫는다.

제스처

모자는 지금 타오르는 혀를 식히고 있다.

죽은 생선의 눈빛을 숨기는 건 늘 그녀의 몫
어항 밖의 세상을 바라보는 금붕어 그녀,
은폐하기 좋은 건물이다.

신발이라면 혐의는 가벼울까
물구나무서기로 모자를 신고 공중으로 발길질을 해볼까

생각과 감정이 와르르 호주머니에서 쏟아져
머리카락은 직립보행을 결심
모자를 신고 제 갈 길을 간다.

모자 속 파티를 위해 날씨를 주문해 볼까
수백 송이 구름을 가닥가닥 꽂고
닳고 닳은 어둠에 폭죽이라는 예의를 차려볼까

건물주는 나를 구겨 넣고 나의 혹들을 재배 한다.
규격에 맞지 않은 머리통은 시멘트벽을 뚫고
옆방을 기웃 거리는데

4부

실어증

아무도 몰랐다. 냉장고 서랍에 버려진 철 지난 남자가 곰팡이를 피워내고 있다는 걸. 짓무른 남자가 냉기를 잃고 억새밭으로 도망가는 걸, 대학병원 복도에서 바퀴가 속력을 내며 수액 봉지 출렁거릴 때 비로소. 가을바람에 은빛 머리 헝클어지며 흔들릴 때 그제 서야.

남자는 억새밭에서 서성거린다. 회색 구름의 보관함에 담은 하늘은 아직 맑고 높은데 중년 억새 한 그루, 가을 정상에서 지나온 길을 진찰받고 있다. 자빠진 억새, 뿌리채 흔들리는 새 한 마리 처방전을 기다린다. 응급대기실은 말을 잃은 억새들이 일렁거릴 때 그제 서야.

숙취

병 안에 고여 있는 허기가
몸이 잘려나간 닭발 쪽으로 기울어진다.
밑바닥을 다진 근육들
닭 가슴 팔려나간 자리, 비를 맞고 있다.

술잔에 던져버린 닭대가리
잃어버린 날개
두 동강이 난 다리
우리들 앞에 호명될 수 있을까
뜨거운 팬에 발을 동동거리며 달구어진
똥집까지 다 내어놓고 웃을 수 있는가

단속반에 걸린 푸드 트럭 청년과 의경이 실랑이를 벌
이고
딱지를 받은 트럭은 빨간 발바닥으로 달빛을 밀어낸다.

빈속을 걸어 다니는 발 맵다.
이리 채이고 저리 차이는 맛
혀끝에서 발톱을 세운다.

부스, 부스

바람의 부축으로 들어가는 엄마의 뒷모습
비둘기 날개 색의 누빈 조끼
이 세상 마지막 껍질인 듯
겁에 질린 늙은 철새는
열차 칸을 잘못 들어온 바람처럼 겉돈다.

생소한 요금소를 통과한 요양원
뼈대를 세울 철근이 있는지 몸 구석구석 뒤진다.

어제는 마흔두 살, 오늘은 스물여섯 살인 노인
콘크리트 반죽처럼 굳어진 머리를 흔들어 보인다.
통행료를 지불하지 못한 채 지나온 길들이
통점을 밟고
병동 안 고지서로 누워있다.

고속도로에서 생을 마감하는 고라니
도마 위에서 산 채로 죽은 활어
난도질한 낙지, 혹은

햇빛을 감금하는 그들만의 부스
장례식장에서 납골당까지
하이패스를 달고
자궁 속으로 달려가는
엄마

비보호

보호받을 수 없는 신호가 왔다.
맞은 편차를 들이받을 수 있으면
길을 내주지 않아도 된다.
합법을 가장한 불법 정신을 실천하는 길에서
주저주저 눈치만 보는 백미러
표지판에도 표시되지 않는
길의 은밀한 유혹으로 틀고 싶다.

은행잎이 수신호를 줄 때
막다른 골목,
순대 같은 길
바퀴를 굴린다.

건물들 부딪힐 것 같은 길 속
차는 걸어 다니고
누가 보호해야 하는지
좌판에 깔린 먼지가 뛰어다닌다.

돌아 나갈 수도 없고

제 갈 길을 가라는
신호를 보내고 있는
은행나무

꽉 다문 입술의
녹색 빨간 신호

시뻘건 불길 속에서
나오라는 신호는 어디

버터플라이

구피들 거실을 날아다닌다. 식탁 모서리에 몸을 숨긴 배 불룩한 어미는 산란을 시도하고, 소파 위 사랑을 구걸하는 한 쌍은 밀당을 하며 자꾸 물길 질을 한다. 햇빛은 불어 터져 바닥에 흥건한데, 수컷은 벽에 걸린 뭉크의 절규 앞에서 갤러리 놀이를 한다. 까만 마침표 같은 새끼들 점점이 떠다니며 먼지 쌓인 침묵을 먹고 창문을 먹는다. 아마존강에서 불어온 바람으로 거실은 출렁, TV는 수족관에서 여배우의 스캔들을 방영한다. 수초가 된 압력밥통, 커피 머신, 물속에서 눈을 뜬다. 전자레인지에서 연꽃이 피어나기를 물고기 입술들 합장한다.

리포트

시월이 깔딱 넘어갈 때, 느닷없는 심청이가 스마트폰을 타고 환생한다. 효심이 새로운 레시피로 등장하는 찰나, 백수가 될 시대적 사명 앞에 선 여대생은 당황했다. 천사표를 단 커피점에서 천사의 눈물이 녹아있는 커피는 블랙코미디. 심청이를 종교적으로 재판하는 자판은 입을 꼭 다물고 묵비권을 행사한다. 자살인가, 타살인가. 용궁에서 새로운 버전의 삶을 선택한 그녀, 여대생은 심청이의 시선을 측량해본다. 윈도 창에 끌려 나온 심청은 회색 모자를 쓰고 방향제를 뿌리며 상품들을 꺼낸다. 인당수는 지상의 죽음을 권유하고 물밑 작업을 했다고… 커서는 제자리서 깜박인다. 겨울도 오기 전에 거리에서 붕어빵을 굽는 앳된 청년, 과일 반 청년 반 과일가게 사장님들. 효는 낙엽처럼 뒹굴고 배수구를 꽉 막고 있는 심청이들. 블랙커피 속으로 몸을 던진 여대생, 더 이상 자라지 않는 날개를 접고 굳어버린 심청이를 끈다. 엄마는 왜 인당수에서 나를 꺼냈어? 밤은 번지점프대로 오르고 핸드폰 속의 엄마는 빨리 늙어 간다.

미스터 팡

밤 열 시다. 흥을 삼 분의 일로 맞춰놓고 나간 삼인조
밴드 뒤로 무대는 갑자기 함성으로 갈아탄다. 헐렁한 바
지의 여자들 무대 밑 소품으로 서 있다. 음악이 팡팡 터
지며 어둠에 불은 가수는 보랏빛 조명 아래 배 속에 저
장한 울림을 꺼낸다. 기둥에 붙은 거울 속 한 여자는 허
공에 낙서를 하고,

소파들이 밀어낸 엉덩이가 떠다닌다. 지난 세기의 노
래는 엉덩이 숲을 헤치며 오르락내리락 지상의 일들을
지운다. 테이블 옆, 몸이 꽃이 되는 청춘일지, 중년일지
그건 아무래도 지상의 일.

팡은 조명에 붙은 무정부주의자들을 팡팡 때린다. 머
리끝에서 발끝까지 고압의 전류를 흘리고 또 흘린다. 지
상으로 오르는 저 계단에 올라서는 순간 사라지고 말,

그는 박수무당인가, 어느 사이비 종교의 교주로 군림
해도 그는 옳았다. 팡이 저격한 건 무장해제!

기둥 속에서 걸어 나온 여자는 지상에서 지하의 바람
을 베껴 쓴다.

복면의 왕

난, 지금부터 가면 뒤에 숨을 작정이다.
빛과 어둠 사이 경작해야 할 목소리
속눈썹에서 실타래를 풀어 그물을 만들고
틈새로 꼬깃꼬깃한 목소리를 흘릴 것이다.
마이크 속에 갇힌 가수가 공기를 타고
거북이 등 같은 무대에서 흔들릴 것이다
까짓거! 그게 뭣이라고
살짝 살짝 나를 흘릴 것이다.

아마추어, 자네
제발 민낯은 들어내지 말게
프로답게 느끼한 목소리만 이웃들에게 나눠 주시게
민얼굴 마주치는 거울 앞에서만 살짝 웃으시게

기왕 가면을 쓰시는 김에
발목까지 숨기 시게
우리가 언제는 나누며 살았다고
어설픈 라이브는 마시고
진실이라는 이름도 낭비 마시고

신발짝 속에 담길 발만 데리고 다니시길

지랄도 만발!
벚꽃인 척
봄인 양

미끼

하이힐을 믿는 순간
뒤꿈치에 자라나는 맨홀
어쩌면 굽의 잠꼬대에서 비롯되는 아침

모빌처럼 떠 있는 구름에
또 속는 중이다.

땅속에서 올라오는 새싹 굽
바람이 건드리면
씨방 속에서 법칙이 스르륵 열리고
이파리의 리듬이 생기고

가끔은 비의 충동질
지상의 주소가 태어난다.

사라지지 않는다면 필 이유도 없다.

오늘이 돌아오듯,
굽 속으로 들어가 뜨거워지는 시간

벽돌 틈새
두툼한 시간들
사라지기 위해

그래서 아름답다 말할 수 있다.

김씨

신발 한 켤레 입 벌리고 있는 아침
변기 속에서 자라는 뜨거운 입

입 열자 발사되는 총
다 죽었어!

가슴에 철판을 들이대는 갑
철판 위로 욕지기를 볶는 손놀림이 빠르다.

어느 짐승의 기름으로 녹아내리고 싶은 찰나

뭐든 삼켜버리는 잡식성인 줄 알았는데
을의 몸은 자꾸 철판을 뚫고 나온다.

당신은 백 년 전 남자
박물관 유물

정당하니 너는

너의 얼굴 뒷면에 내가 있는 거
넌 모르지

과속방지턱

　차창 밖 가을이 문득 출렁, 납작 엎드린 일요일 오후
는 덜커덕, 신호 받은 가슴이 멈칫, 전속력으로 달리던
은행나무는 급제동, 백미러에 와락 달려드는 바람. 턱까
지 차오른 의자가 불끈, 거품을 토해내는 맥주병, 움찔
거리는 라디오 주파수, 안전벨트에 묶인 구름 덜커덩,
술잔 속 소용돌이로 사라진 혀들, 눈앞을 막는, 신호등
에 맺힌 창백한 지구.

불고기

온갖 저녁들 석쇠 위에 노릇노릇
불꽃 하나가 큰 소리로 떠들고
걱정거리라곤 없는 연기가 막 걸어 나올 때 즈음
포식자들의 사냥터가 이 곳인 줄
진심 배 속으로부터 알았다.
볼이 빨갛게 상기된 석탄
그게 모순을 대표하는 결정적 물건이란 걸
그저 눈살을 찌푸리는 존재인 줄
빈정거리며 놀려대는 술병이
우연이 우연이 아님을
못에 걸린 달력이 항변한다.
우리가 살아 있는 동안 살게 두라
유니폼을 입은 목소리들
술집으로 걸어 들어오고
고기들 방들 술병들 길들
바늘 침 맞은 풍선은
쭈그렁 망태기가 되었다.

궁극의 스테이크

목소리 하나 호주머니 넣고,
마주 오는 공기를 향해 손을 흔든다.
테이블을 사이에 두고
지금부터 발이 내는 소리를 듣기로 한다.

저편의 여자는 동공에 유리막을 치고
이편의 나는 공중의 길을 찾는다.

목소리, 나이프, 냅킨 공중에서 왁자지껄
창밖은 신호대기 중인 낙엽들

내가 아는 너는,
네가 알고 있는 나는
건축용 자재로 앉아
남의 고통을 주문한다.

덜 익힌 눈빛과
빵과 파스타의 폭력적인 맛을 보면서
서로의 귀에 스위치를 돌린다.

지지직 흐르는 잡음

켜켜이 쌓인 사계절
스테이크 속에 파고들 던 밤
셔틀콕 같은
질문과 대답들

신문 사이 끼워진 너와 나는,
전단지

너와 나의 통속적 메뉴
어떤 식으로든 수수료를 지불해야 하는
명백한 함수의 관계
테이크아웃 하는 금요일

허구

그녀는 잠들지 못한다.
그녀의 다섯 손가락이 자꾸 무언가를 붙잡고 있어서
저 엷은 커튼으로 들어오는 꿈이 공중부양하고
정지한 어둠은 바닥에 닿지 못하고

엄숙하게 바라보는 화장대 거울이
몸 구석구석을 뒤진다.
낙엽 떨어진 어깨 그 옆에서
맥 놓고 우는 빈 의자

날아다니는 먼지가 먼지에게
오늘이 내일에게
내일이 내일에게
헛손질하는 방의 문짝들

발효가 너무 멀다

밤마다
삭제당하는

사각의 방
한 점의 정물화

골목

늑늑한 어둠이 골목을 핥으며 돌아 나온다.
작달막한 그림자를 끌고, 무거운 공포를 등에 지고
집과 집들이 포개어져 소리 없이 내뿜는 헐거운 언어들
이마를 맞대며 좁고 긴 식도를 빠져나온다.

가파른 계단을 오르는 은유
닳아빠진 전봇대를 끌어당기고
거미줄로 쳐진 전선
슬그머니 바람의 발목을 잡는데
신발은,
질기고 단단한 문장을 쓴다.

입구도 출구도 보이지 않는 끈적한 길
햇빛을 뜯어 먹고 있는 늙은 개 한 마리
부스스한 털 속으로 가라앉는
시간

시뻘건 내장이 보이는 짐승의 하품에서
새로운 길들이 쏟아진다.

둥그렇게 휘어진 녹슨 벽에도 꽃은 핀다.
뜯겨진 벽돌 틈새로 가슴 시린 말들
들락날락
하늘, 그 턱 밑 언어의 집
영토 확장을 꿈꾸며
꿈틀거린다.

스카치테이프의 유언

끝을 만질 수 있다면 다시 시작할 수 있다.

커터기에 귀를 잘렸을 때
나는 달팽이가 되었다.

귀를 닫고 바깥 공기를 차단한 골방에서
유리 발자국은 길을 돌돌 말았다.

지문이 남아 있는 절벽은
누구의 등에 부착될 수 있는지
귀를 죽이고
길 끝에 길을 메 달고
아무에게나 붙는 성질을 죽였다.

눈동자에 블라인드 치고
배 속 하얗게 비워
맑은 구덩이에 푹 빠진
스텝을 밟아야지

겉과 속
다르지 않게
열렬히 접착 할게

창은 필요 없어

달팽이관에서 떼어낼 수 있는 건 관용
발랄하게 걸어 나오는 길들이
그걸 증명하지

찢어진 괄호에 다리가 되어 줄게
끝을 기억해
꼭

염장이

이 세상 마지막 목욕도 없이 가는 죽음들이 있다. 사후에 머무를 수 있는 시간은 세 시간, 모든 걸 끝내기에는 그들은 사람이다. 누구도 다가설 수 없는 공포의 주검 옆에 방호복을 입고 있는 그 남자, 격리 중인 큰아들 대신 배웅을 한다. 환자복의 사망자, 비닐 팩에 밀봉된 채 화장장으로 직행하는 길은 영정도 위패도 없다. 관이 지나가는 자리마다 소독약이 조문을 한다. 슬픔도 방역되어야 되는 대면하지 못할 감정들, 마스크 속 꼭꼭 숨긴다. 밀봉된 아버지가 멀찍이 작은아들을 스쳐 간다. 사람의 아들은 수의라도 넣게 해달라며 흐느낀다. 그는 망자들의 사망진단서 서류뭉치를 보며 예수도 권력도 없음을 본다. 이름과 주소는 이미 전생이 되어버린, 망자의 마지막 한마디조차 격리된 수상한 블루, 그의 휴대폰이 또 울린다.

'반가사유 미륵보살'과 '컵라면'이
동격으로 연결되는 놀라운 상상력
— 양아정의 시집 『하이힐을 믿는 순간』

호 병 탁(문학평론가)

1

'현대후기'로 번역되는 '포스트모던'이란 말은 상당히
도전적으로 들린다. '현대modern'와의 '단절' 혹은 '이탈'이
라는 의미로 다가오기 때문이다. 그러나 '포스트'라는 말
에는 '벗어난', 즉 '이탈·결별'의 뜻 외에도 '이후', 즉 시
간적 연속 또는 계승의 뜻 또한 포함된다. 따라서 '모던'
과 '포스트모던'이란 말에는 결별이나 대립적 요소도 있
지만, 오히려 '상호성' 속에서 진정한 의미를 가질 수 있
음이 밝혀지고 있다. 이점은 모든 철학적 입장에서도 거
의 일치되고 있다. 포스트모던은 '모던'적 사고를 더욱
첨예화시키고 활성화한 것이라 할 수 있다. 따라서 양자
는 시대적 구분이나 '계승' 혹은 '단절'이라는 관점에서
연결 지을 것이 아니라 이 말이 지적하는 창조적 측면에

117

초점을 맞춰야 할 것이다.

　한 마디로 양아정의 시편들은 전형적인 '포스트모던'적 사유에 의해 쓰인 것으로 보인다. 이에 대해서는 독서를 진행하며 논의를 계속하기로 하자.

　　　바다와 강이 만나는 그 어느 지점에 앉아있으면
　　　파도가 시멘트 바닥을 간 보듯 올라온다.
　　　금 그어진 세상 밖을 기웃거리며
　　　돌아선 발걸음은 잽싸게 미끄러져 간다.
　　　컵 속에 웅크리고 있는 파도
　　　적당량의 물을 만나 풀어지고 부드러워지는
　　　즉석 바다, 허벅지까지 차오르는
　　　수위를 넘어선 파도
　　　발 없는 말이
　　　매립지를 떠돌아다닌다.
　　　파도가 거세되는 뚜껑을 닫고
　　　비로소 되살아나는 액체의 감정들, 면발들
　　　애초에 갱년기를 겪어야만 하는 종족인지 모른다.
　　　포장된 하늘과 잘 분쇄된 구름이 첨가된
　　　수프는 문패처럼 걸려 있고
　　　선을 지키는 자만이
　　　면발 뼛속까지 다가서는 풍만한 저녁
　　　주둔지가 없어도
　　　적셔줄 물기만 끓일 수 있음
　　　양식 같지 않은 양식이

반가 사유하는
컵 속
미륵보살

- 「나는 컵, 라면」 전문

시집에 첫 번째로 등장하는 작품이다. 작품에 연 가름
은 없다. 그러나 동일한 종지형 '-하다'가 마침표와 함께
끝나는 문장을 한 단락으로 본다면 이 작품은 다섯 단락
으로 구성되어 있다고 볼 수 있다.

첫 단락은 "바다와 강이 만나는 그 어느 지점에" 파도
가 "간 보듯 올라온다."고 노래한다. 강과 바다가 만나는
곳은 가끔 볼 수 있다. 아니, 모든 강은 결국 바다로 빠
져나가기 때문에 이런 곳은 일반인이 접근하기가 힘들
뿐 얼마든지 있을 수 있다. 우리 생각으로는 이런 곳은
넓은 '개펄'이거나 '모래톱'이거나 갈대숲이 우거졌을 것
으로 예상한다. 그런데 화자는 그 지점이 "시멘트 바닥"
이라고 의외의 발화를 하고 있다. 시멘트 바닥?" 우리는
고개를 갸웃하며 왜 그러한지 다음 단락으로 시선을 옮
긴다.

둘째 단락에서 "금 그어진 세상 밖을 기웃거리며/ 돌
아선 발걸음은 잽싸게 미끄러져 간다."이다. 기웃거리고
미끄러지는 행위의 주체는 누구인가. 문맥으로 보아 바
다와 강이 만나는 곳에 올라온 '파도'가 될 것이다. '파도'
는 물과 땅의 경계, 즉 자기 관점에서 볼 때는 "세상 밖"

이 되는 땅을 기웃거리다가 다시 바다로 밀려갈 것이 아닌가. 그러나 아직 그곳이 왜 "시멘트 바닥"인지에 대해서는 아무런 언급이 없다. 셋째 단락으로 시선을 옮긴다.

느닷없이 "컵 속에 웅크리고 있는 파도"가 등장한다. 게다가 그 파도는 "적당량의 물을 만나 풀어지고 부드러워지는" "허벅지까지 차오르는/ 수위를 넘어선 파도"다. 우리는 갑자기 작품 독해를 가로막는 높은 벽에 부딪힌다. 왜 파도는 '컵 속'에 들어있고, 파도 자체가 물인데 '물을 만나' 풀어지고 부드러워진다는 것인가. 우리는 논리성과 객관성이 결여된 작품 진행을 보며 해석의 난관에 봉착했음을 절감한다. 독서를 계속하기 위해서는 이제 작품을 보는 '자세'와 '관점'을 바꿔야 한다.

2

20세기 후반은 '이성적, 합리적' 사유에 근거한 학문과 과학의 발달로 고도로 발전된 자본주의 체제의 산업사회로 특징지을 수 있다. 즉 논리적·체계적 사고 중심의 세계로 '총체總體'화되어 갔다고 볼 수 있다. 그런데 이런 사회에서는 비논리적인 것은 논리에 의해 배제되고 비과학적인 것은 과학적인 것에 배척되기 쉽다. 개별자의 개성은 총체 속에 보류되고 전체 속에서만 파악되는 경우가 많다. 포스트모더니즘은 합리적 논리적 사유 자체를 부정하는 것은 아니라 그런 사유가 지닐 수 있는 '폭력'을 경계한다. 다른 사고, 다른 방식, 다른 모델 등도 원칙적으로 '내 것'과 마찬가지로 인정되어야 한다. '다수의 합의'가 지닌 횡포에 소수와 개인의 '창조적 견해'마저 무너질 수는 없는 것이다. 따라서 포스트모던 문학의 가장 큰 특징은 언어, 사고에 있어서의 '복합성과 다양성'을 추구하는 것이라 할 수 있다.

이에 속한 작가들의 관점에서 보면 삶의 실재는 고정불변한 것이 아니다. 따라서 그것을 객관적·논리적으로 재현한다는 것은 불가능한 일이다. 이런 관점에 따라 종래의 시공간에 대한 전통적 사고는 버려지고 작품은 리얼리즘의 사실적 재현성과는 거리가 멀어질 수밖에 없다.

시인은 작품 구성에 있어서 논리적 일관성이나 유기적 통일성을 배제한다. 대신 자신의 의식 내면에 흐르는 '개인적' 감각, 감정, 기억, 연상, 인상을 '내적 독백'과 같은 방법으로 표출한다. '자기 반영성'이다. 즉 자신만의 내부의식을 주시하며 이것들을 의도적으로 작품 안에 반영시키는 것이다. 의식은 고정되지 않고 끊임없이 유동하고 중첩되게 마련이다. 이런 경우 무질서한 '의식의 흐름'이 파편적으로 표출되게 된다. 위 작품이 바로 그러하다.

다시 작품으로 돌아가 독서를 계속하기로 하자.

"바다와 강이 만나는" 곳에 파도가 "간 보듯" 밀려 올라와 "세상 밖을 기웃"거리다가 다시 "발걸음"을 돌려 "잽싸게 미끄러져" 내려간다. 시인이 견인하고 있는 어휘들, 즉 바다, 강, 파도, 세상, 발걸음 등은 구체적이고 일상적인 어휘들이다. 그러나 이런 어휘들이 어울려 만들어내는 심상은 대단하다. 특히 '파도'라는 사물을 의인화시켜 만들어내는 '심상'은 매우 독특하고 강렬하다. 파도는 "간 보듯" 올라왔다가 "세상 밖을 기웃"거리고 있다. '간'은 짠맛의 정도를 의미한다. 바닷물은 짜다. 밀려 온 파도가 만나는 강물이 어느 정도 짜졌는지 간을 볼 수도 있다. 바다 밖의 세상을 기웃거릴 수도 있다. 그렇다가 발걸음을 돌려 다시 바다로 돌아간다. 대단한 심상으로 양아정 시의 가장 큰 특징이자 장점이라고 생각된다.

그럼에도 개연적 연결고리가 상실된 '시멘트'란 어휘부터 이해의 길을 막고 있다. 더구나 파도는 "컵 속에 웅크리고"있다. 그리고 그것은 "적당량의 물을 만나 풀어지고 부드러워지는" 것이라고 한다. 우리는 이제 고정되지 않는 시인의 내부의식이 단선이 아닌 복선으로 유동하고 있음을 눈치챈다. 즉 감각적 심상에도 불구하고 '파도'는 객관적 언어의 연결에 따른 직선적 '의미의 창출'을 목적으로 하는 것이 아니라 어떤 '상징'의 목적으로 기능하고 있음을 감지하게 되는 것이다. 그런데 이 상징은 어떤 명확한 의미가 있는 것은 아니지만 독자들이 나름대로 해석할 수 있는 일종의 '틈새'를 남긴다. 독자들은 나열된 서로 다른 이미지를 스스로 심리적 연결을 하고 결합해야 한다. 그리고 그 과정에서 이 틈새를 찾아내야 하는 것이다.

"컵 속에" 있는 것, "물을 만나"야 풀어지고 부드러워 지는 것은 무엇인가. 갑자기 시제 「나는 컵, 라면」이 눈길을 잡는다. 그렇다. 당연히 컵라면은 컵 속에 있고 물을 만나지 못하면 그것은 딱딱한 고체에 불과하다. "허벅지까지 차오르는" 물속에서 컵 뚜껑이 닫힌 "매립지를 떠돌"며 끓어야 풀어지고 부드러워진다. 우리는 '파도'와 '컵라면'이 그 함의가 공유될 수 있는 '틈새'를 발견한다. 그렇다면 라면이 "물을 만나" 풀어지고 부드러워지는 곳은 '개펄'이거나 '갈대숲'보다는 오히려 '시멘트 바닥'이 더 적절한 것이 아닌가.

해석의 틈을 만난 우리는 바로 네 번째 단락으로 쉽게 넘어간다. 맞다. 물을 만나 끓어야 라면은 "비로소 되살아나는 액체의 감정들, 면발들"이 된다. 화자는 이를 보며 "갱년기를 겪어야만 하는 종족"인지 모른다고 생각한다. '갱년기'는 나이가 들어 몸의 기능이 변화하는 시기다. 면발들이 컵 안에서 끓어 익는 시간, 즉 라면으로서의 마지막이 되는 그 시간이야말로 그것에게는 갱년기와 다름없지 않겠는가.

다섯 번째 단락에서는 이제 파도를 대신하여 컵라면의 심상이 아름답게 표출된다. "잘 분쇄된 구름"은 라면 "수프"를 멋지게 비유하고 있다. "적당량의 물을 만나" 수프와 함께 "갱년기" 같은 시간을 겪어야 라면은 잘 "풀어지고 부드러워"진다. 화자는 그 과정을 거치는 자, 즉 일정한 "선을 지키는 자"만 결국 "면발 뼛속까지 다가서는 풍만한 저녁"을 맞이할 수 있다고 강조하고 있다.

마지막 네 행은 이 작품의 백미다. '양식糧食'은 살아가는 데 필요한 먹을거리를 의미하고 동시에 '마음의 양식'처럼 지식 · 물질 · 사상 등의 원천을 말하기도 한다. 또한 '백제시대 양식樣式'처럼 일정한 모양이나 형식을 의미하기도 하고, '지식인의 양식良識'처럼 뛰어난 식견이나 판단력을 말하기도 한다. 그러나 어떤 양식이 되었든 "적셔줄 물기만" 있으면 "끓일 수" 있는 라면은 "양식 같지 않은 양식"이 될 수밖에 없다. 그럼에도 시인은 이를 "반가 사유하는/ 컵 속/ 미륵보살"이라고 단언하며 글을 맺고 있다. 이제 양식 같지도 않은 '컵라면'은 드디어 '반가 사유하는 미륵보살'과 동격의 가치를 가지며 결합된다. 이 말은 한쪽 무릎에 반대쪽 다리를 올린 자세로 어떻게 중생을 구제할 것인가 고뇌하는 '미륵보살', 즉 내세에 출현할 미래의 부처님의 모습이다. 정말 파격적인 상상력이다. 강한 아이러니가 번쩍 고개를 쳐든다.

3

시집에 담긴 작품들은 전체적으로 내면 의식의 토로

방식이나 그 표현방법에 균질성을 보이고 있다. 따라서 작품 하나라도 성실하게 '제대로' 읽어내야 다른 작품들의 독해에도 결정적인 빛을 줄 수 있다는 생각이 강하게 들었다. 시집 첫 번째 작품 하나를 독서하는데 많은 지면을 할애하고 있는 이유다.

여기저기 집적댈 것도 없이 그대로 시집의 두 번째 작품을 보기로 하자.

옆집 배관으로 내려가는 물소리, 고양이 울음소리
혐오와 매혹 사이에서 구구단 같은
소음이 벽 너머 창을 넘는다.
내가 누구인지 잊기 좋을 시간
괘종시계 추의 멱살을 잡고
신도 망각한 빈 공간

밤의 밀착과 테두리를 벗어나지 못하는
누구에겐 코르셋의 시간

달의 난간에서 죽어라 사는 연습을 하는
누구에겐 잽을 날리는 시간

밤의 뒤통수에 싱싱한 별자리가 찍힐 즈음
조증의 시간은 가고 울증의 순간이 오겠지

이른 시간이라면 그대는 발효가 잘된 반죽의 기술일 것

이고
　늦은 시간이라면 하루가 끝나지 않은 채 내일이 온 것일
테고

　응급차 소리가 커튼을 찢고 들어온다.
　복면을 쓰고
　까마귀를 쾅쾅
　방바닥에 박는다.

　가장은 아직 귀가하지 않고
　달은 코르셋 안에 갇혀있는데

　베란다서 자란 단풍 한 잎이
　응급차의 뒤꽁무니를 밟는다.

－「새벽 세 시」 전문

　「새벽 세 시」라면 새벽이 오기 전의 깊은 밤이다. 동트
기 전이 가장 어둡다는 말이 있다. 이 시간이 바로 그런
시간이다. 늦잠 자는 사람도 이제 잠이 들었고, 일찍 일
어나는 사람도 아직 꿈속에 있는 고요하고 깊은 밤이다.
그런데 "옆집 배관으로 내려가는 물소리"가 들리고 어디
선가 "고양이 울음소리"도 들린다. 그럴 만도 하다. 화자
는 깨어 있는 것이다.

　대낮 같으면 이 정도 소리는 "소음"도 되지 않는다. 그
러나 화자에게 이 소리는 "구구단 같은" 소리로 들리고

있다. 일정한 리듬을 가진 구구단 소리는 특별히 듣기 좋은 소리도, 그렇다고 싫은 소리도 아니다. 시인은 이를 "혐오와 매혹 사이"의 '소리'라고 표현하고 있다. 멋진 심상이다. 화자에게 '새벽 세 시'는 시간이 "괘종시계 추의 멱살을 잡고" 갈 정도로 아주 더디게 가고 있는 모양이다. 역시 빼어난 심상이다.

그런데 둘째 연에서 이 시간은 갑자기 "누구에겐 코르셋의 시간"이 된다. 셋째 연에서는 "죽어라 사는 연습"을 하며 "잽을 날리는 시간"이 된다. 우리는 여기서 언어의 선線적 일관성은 단절되고 대신 고정되지 않는 화자의 내적 의식이 파편적으로 표출되고 있음을 감지한다.

이런 글쓰기 스타일은 넷째, 다섯째 연에서도 계속된다. 화자는 잠을 못 이루고 있다. 이렇다가 "밤의 뒤통수에 싱싱한 별자리가 찍힐 즈음"이 되면 상쾌하고 흥분된 "조증의 시간은 가고" 우울하고 불안한 "울증의 순간이" 올 것이다. 그리고 그 시간이 "이른 시간이라면" "발효가 잘된 반죽의 기술" 덕분이겠지만, "늦은 시간이라면", 그리하여 밤을 새우고 만다면 "하루가 끝나지 않은 채 내일이 온 것"이 될 뿐이다. 그러나 이런저런 생각들은 유동하는 화자의 의식이 반영되고 있을 뿐 현실세계는 아니다.

그런데 여섯째 연에서 "응급차 소리가 커튼을 찢고 들어온다." 이 소리는 첫 연의 '배관을 내려가는 물소리'나 '고양이 울음소리'처럼 직접적인 현실세계의 소리다. 그러나 이는 훨씬 더 요란하다. 화자는 이 소리가 "커튼을 찢고" 쳐들어온다고 표현한다. 청각적 심상이 강력하다. 게다가 화자에게는 이 소리가 밤의 "복면을 쓰고" 쾅쾅 '까마귀' "방바닥에 박는" 소리로 들린다. 놀라운 심상이 아닐 수 없다.

"가장은 아직 귀가하지 않고/ 달은 코르셋 안에 갇혀 있는데"라는 두 행짜리 일곱 번째 연은 작품 전체의 독해에 결정적인 역할을 수행한다. 이제 낯설게만 다가오던 파편과 같은 의식의 언어들은 이 두 행을 통해 서로 함의가 공유될 수 있는 틈새를 만들고 우리는 이를 찾아 읽어내게 되었다.

우선 첫 행 "가장은 아직 귀가하지 않고"에 돋보기를 들이대 보자. 첫 연에서 "시계추의 멱살을 잡고" 갈 정도로 시간이 더디게 가는 것은 가장이 '새벽 세 시'까지도 "귀가하지" 않았기 때문이다. 둘째 연에서 다섯째 연까지 우리를 낯설게 하며 논리적 독해를 막았던 여러 가지 의식의 파편들도 가장을 잠 못 이루며 기다리는 상황에서 발생한 것들이다. 여섯째 연에서 "응급차 소리"가 갑자기 "커튼을 찢고" 요란하게 들려오는 것도 새벽이 가까워져 올 때까지 남자가 돌아오지 않았기 때문이다.

둘째 행에서 "달은 코르셋 안에 갇혀"있다고 말한다. '코르셋'은 여자나 입는 속옷이다. 따라서 속옷 안에 갇혀있는 '달'은 남자를 기다리고 있는 '여자'의 비유다. 만약 남자가 일찍 귀가했다면 코르셋은 벌써 벗겨지고 '달'

은 맨몸뚱이가 되어있을 것이다.

마지막 연은 화자의 안타까운 마음이 함축된 문장이다. "베란다서 자란 단풍 한 잎"이라면 화자가 늘 지켜보며 가꾸어 온 것이 아닌가. 이는 그대로 화자의 '마음'을 대신하는 비유로 기능한다. 혹 응급차 안에는 귀가하지 않은 남자가 타고 있을지도 모른다. 이런 남자를 걱정하고 불안해하는 마음은 절로 "응급차의 뒤꽁무니를 밟"지 않을 수 없게 되지 않겠는가. 사랑하는 마음이 잘 갈무리된 아름다운 결미다.

4

작가는 독자의 감정이나 태도에 영향을 미쳐 '정서적 감응'을 유발하기 위해 언어의 문학적 표현에 있어 여러 전략을 구사하게 마련이다. 따라서 수사학적 장치들을 동원하여 작품의 '미학적 형상화'를 추구하는 것은 당연하다. 위에 인용된 시인의 작품에도 음성적 요소, 심상과 비유, 아이러니 등 대표적 문학적 운용방식의 모든 요소가 내재되어 있다. 동시에 포스트모던 글쓰기의 특징 또한 잘 나타나고 있다.

이미 앞에서 몇 차례 언급한 것처럼 양아정이 구사하는 심상과 이를 통해 창출되는 비유나 아이러니는 대단하다. "시계추의 멱살을 잡고" 더디게 가는 '시간', "코르셋 안에 갇혀"있는 '달', "커튼을 찢고 들어"오는 '응급차 소리'는 얼마나 독특하고 강렬한 심상인가. 이는 「나는 컵, 라면」에서도 마찬가지다. '파도'는 의인화되어 "간 보 듯" 올라와 "세상 밖을 기웃"거린다. "양식 같지 않은 양 식"에서 '양식'이란 '동음同音'은 반복되고 동시에 '이어異 語'현상으로 아이러니가 형성된다. '컵라면'은 마침내 '반 가 사유하는 미륵보살'과 동격이 되고 있다. 정말 대단한 '미학적 글쓰기 스타일'이 아닌가.

이제 시인이 작품의 미학적 형상화와 함께 자신의 글 에 표출하고 있는 포스트모던의 특징을 살펴본다.

우선 시인은 작품의 논리적 일관성이나 유기적 통일성 을 무시하고 대신 자신의 의식 내면에 흐르는 여러 정서 와 감정을 내적 독백과 같은 형식으로 작품에 반영한다. 소위 '자기 반영성'으로 포스트모던 글쓰기의 중요한 특 징이다. 이에 대해서는 이미 앞에서 언급했으므로 이 정 도로 마무리하자.

다음은 시인이 견인하고 있는 어휘들이다. 작품에는 "멱살을 잡고" "밤의 뒤통수" "꽁무니를 밟는다." "꽝꽝/ 방바닥에 박는다."와 같은 말이 나온다. 이런 말들은 서 민들이 일상에서 흔히 쓰는 기층언어임이 틀림없다. 외 에도 이런 민초들의 언어는 작품 곳곳에서 산견된다. 예 로 "뼈다귀해장국집 앞 주정꾼"(「집착」) "발길질" "비계와 껍데기 사이" "돼지발"(「족족」) "육자배기" "추임새"(「득 음」) "엇박자"(「휘몰이」) "까치발" "구공탄" "곱창"(「살갗 아래 저울이 산다」) "돼지 뼈 소뼈 닭 뼈 술의 뼈"(「무게들」)
"입에 개 거품을 물고" "두부와상추와돼지고기와닭고기"
(「주님을 냉장고에 넣는 법」) "술잔에 던져버린 닭대가리"
"달구어진 똥집"(「숙취」) "난도질한 낙지" "자궁 속으로
달려가는/ 엄마"(「부스, 부스」) "박수무당" "아래 배" "엉
덩이"(「미스터 팡」) "시뻘건 내장" "짐승의 하품"(「골목」)
"쭈그렁 망태기"(「불고기」) 등.

양아정은 이렇게 투박하지만 정감 있는 서민·대중언
어를 작품에 거침없이 수용한다. '현대의 고전'이 되어버
린 모더니즘은 고답적이고 엘리트주의적 특성을 가진
다. 포스트모더니즘은 바로 엘리트문화와 대중문화의
높다란 장벽을 무너뜨리는데 그 개념이 처음 구체화되
기 시작한다. 이 새로운 사고는 무엇보다도 '탈중심'과
'탈경계'의 성격을 지닌다. 양아정은 바로 위와 같이 민
중적이고 질박한 언어들을 통하여 경계를 부수고 중심
에서 벗어나려는 포스트모던의 강한 몸짓을 보이고 있
는 것이다.

다음은 '상호텍스트성'이다. 어떤 텍스트가 다른 텍스
트를 인용하거나 변형시켜 서로 관련을 맺는 '상호텍스
트성'은 포스트모던의 가장 핵심적인 지배소의 하나다.
흔히 '모자이크'에 비유되기도 하는 이 상호텍스트성은
양아정의 많은 작품에서 서로 연계되며 나타나고 있다.

위 작품에는 "발효가 잘된 반죽의 기술"일 것이라는
문장이 있다. 이 말은 효모 같은 미생물의 작용으로 유

기물이 잘 분해되어야, 즉 발효가 잘되어야 막걸리도, 김치도, 간장·된장도 만들 수 있다는 것으로 '음식의 조리調理'에 대한 말이다. 그런데 앞서의 작품에는 "적당량의 물을 만나" "잘 분쇄된" 수프를 첨가하고 일정 시간 "끓일 수" 있어야 "풀어지고 부드러워"진 면발이 되고, 그래야 "풍만한 저녁"을 맞을 수 있다는 또 다른 음식 조리에 대한 말이 나온다. 다음에 이어지는 작품 제목은 「계란찜」이다. 여기에도 "차례차례 깨지고 완전히 풀어"져 "익어가는 계란"이 "아주 맛있어"라고 음식 얘기가 등장한다. 그다음 작품 「a는 어느 지점에 있는가」에는 "한 번쯤 뼈다귀탕으로 끓이고 싶다./ 접힌 관절에서/ 뽀얀 국물이 나올 때까지"라는 3행의 문장이 나타난다. 역시 음식 얘기다. 이렇게 보니 시집 첫 작품부터 네 번째 작품까지 음식에 관한 문장들이 연속적으로 등장하며 직간접적으로 연계되고 있는 셈이다. 즉 여러 텍스트들이 서로 '상호텍스트성'으로 연결되고 있다는 말이다. 이는 「봉지커피」「즙」「붕어빵」「불고기」「궁극의 스테이크」등 시제들만 일별해도 충분히 짐작할만하다.

일반적 의미에서의 상호텍스트성은 위와 같이 한 텍스트 안에 다른 텍스트가 인용되거나 언급되며 연결되는 형태로 나타난다. 그러나 넓은 의미에서의 이 말은 텍스트 사이에서 일어나 서로 관계되는 모든 지식의 총체를 가리킨다. '모든 의미체계는 다양한 의미체계들의 전위傳位의 장'에 불과하다는 말은 양아정의 시편을 정독하다

보면 아주 적절한 것으로 생각된다. 두 가지 예만 더 들어보자.

위 작품에는 "코르셋"이 두 번 등장한다. 이 물건이 "시스루룩"인지 "레이스 달린" 것인지는 몰라도 "안감도 없는 속옷"(「줍」)임에는 틀림없다. 그리고 이 물건은 단지 몸매를 예쁘게 보이기 위해 필요한 것임에도 틀림없다. 그렇다면 「주님을 냉장고에 넣는 법」에 등장하는 "하이힐"도 마찬가지다. "신발짝 속에 담길 발만 데리고 다니"는(「복면의 왕」) 기능은 다른 구두와 같다. 그런데 굽이 높아 발 편한 것과는 거리가 먼 이것 또한 역시 여자 몸매를 돋보이게 하는 데 그 목적이 있다. 그러나 "하이힐을 믿는 순간/ 뒤꿈치에 자라나는 맨홀"(「미끼」)이 있고 자칫 땅속을 향한 그 구멍에 빠질 수도 있음을 알아야 한다.

「계란찜」에는 "냉장고"가 두 번 반복되어 나타난다. 냉장고는 음식물을 "차곡차곡" "칸칸이 수납하는" 곳(「주님을 냉장고에 넣는 법」)으로 앞서 언급된 다양한 '음식물'과 서로 연관이 있다. "냉장고에 굴러다니는 양파"(「부항뜨는 여자·2」)도 그중 하나가 될 것이다. 그래서인가. 시인은 "냉장고에서 채소의 언어로 더빙하는 것"도, "냉장고의 발랄한 심장 소리"(「계란찜」)를 듣는 것도 좋다고 말한다. 그러나 이 냉장고는 주님을 '냉장고'에 넣는 법이란 거창한 시제의 작품에 다시 등장하며 "열을 식힐 줄 아는 냉장의 인격"을 소유한 존재로 격상되고 그 의미체계의 연결고리를 만들어간다.

위에서 보는 여러 경우처럼 시인은 텍스트의 내부와 외부를 망라하여 연관되는 포스트모던의 '상호텍스트' 특징을 다양하게 보여주고 있다.

5

지금까지 시인의 포스트모더니즘식의 글쓰기에서 '예술적 형상화'의 여러 장치와 함께 작품의 포스트모던 특징들, 즉 '자기 반영성' "탈중심'과 '탈경계' '상호텍스트성' 등을 합당한 분석 틀로 차례로 살펴보고자 하였다.

물론 양아정의 글은 클릭 한 방이면 어디에도 접속되어 자유롭고 유동적인 가지 뻗기가 가능한 '하이퍼hyper 시' 이론으로도 설명될 수 있다. 또한 뿌리, 줄기, 가지 순으로 질서정연한 '수목樹木'에 대비되는 '땅속줄기식물', 즉 '감자'와 같이 '땅속에서 땅속을' 향하는 '리좀rhizome' 적 사유로도 설명될 수 있다. 둘 다 체계적이고 위계적인 구조가 아니다. 비선형성의 새로운 맥락을 제공하는 포스트모던의 또 다른 이론이라 하지 않을 수 없다.

작품 두 편만을 읽은 셈이다. 지면 관계상 더 많은 작품을, 더 자세하게 다루지 못해 아쉽다. 그러나 다른 작품들도 이런 방식으로 읽어낸다면 큰 대과는 없을 것이다.

좋은 독서경험이었다.

황금알 시인선